AF460483

16 Novembre 1888

Vente des Vendredi 16 et Samedi 17 Novembre 1888

Rue Drouot, 9, Salle n° 6

A DEUX HEURES PRÉCISES

Collection JULES MARTIN

ESTAMPES

MODERNES

PAR

MM. Appian, Bracquemond, Bresdin, Buhot, Bodmer, Boilvin, Brunet-Debaines, Courtry, Chauvel, Chifflart, Champollion, Eug. Delacroix, Daubigny, Delaunay, Flameng, Hédouin, Ch. Jacque, Jacquemart, La Guillermie, Lançon; Legros, Lalanne, Lalauze, Le Rat, Michelin, Méryon, Monziès, Mongin, Meissonier, Milius, F. Rops, Rajon, Rochebrune, Saffrey, Seymour-Haden, Waltner, Yon.

TABLEAUX MODERNES

PAR

MM. Allard-Cambray, Boulard, Dambrun, Delpy, Ch. Deshayes, Gélibert, Ch. Jacque, Jongkind, de Latage, Petitjean, Rozier, H. Somm, etc. etc.

Dont la Vente aux enchères publiques aura lieu

HOTEL DES COMMISSAIRES-PRISEURS

Commissaires-Priseurs :

Me Maurice DELESTRE	Me Emile FONTAINE
Rue Drouot, n° 27	Rue Richer, n° 52

ASSISTÉS DE

M. Ed. SAGOT, Md d'Estampes,

18, Rue Guénégaud, 18

PARIS — 1888

Collection JULES MARTIN

ESTAMPES

MODERNES

PAR

MM. Appian, Bracquemond, Bresdin, Buhot, Bodmer, Boilvin, Brunet-Debaines, Courtry, Chauvel, Chifflart, Champollion, Eug. Delacroix, Daubigny, Delaunay, Flameng, Hédouin, Ch. Jacque, Jacquemart, La Guillermie, Lançon, Legros, Lalanne, Lalauze, Le Rat, Michelin, Méryon, Monziès, Mongin, Meissonier, Milius, F. Rops, Rajon, Rochebrune, Saffrey, Seymour-Haden, Waltner, Yon.

TABLEAUX MODERNES

PAR

MM. Allard-Cambray, Boulard, Dambrun, Delpy, Ch. Deshayes, Gélibert, Ch. Jacque, Jongkind, de Latage, Petitjean, Rozier, H. Somm, etc. etc.

Dont la Vente aux enchères publiques aura lieu

HOTEL DES COMMISSAIRES-PRISEURS

Les Vendredi 16 et Samedi 17 Novembre 1888

Rue Drouot, 9, Salle n° 6

A DEUX HEURES PRÉCISES

Commissaires-Priseurs :

Me Maurice DELESTRE	**Me Emile FONTAINE**
Rue Drouot, n° 27	Rue Richer, n° 52

ASSISTÉS DE

M. Ed. SAGOT, Md d'Estampes,

18, Rue Guénégaud, 18

PARIS — 1888

CONDITIONS DE LA VENTE

Elle sera faite au comptant.

Les Acquéreurs paieront cinq pour cent en sus des enchères applicables aux frais.

M. Ed. SAGOT se réserve la faculté de réunir ou de diviser les lots.

ORDRE DES VACATIONS

Vendredi 16 novembre. . .	n°s 1 à 202
Samedi 17 novembre . . .	n°s 203 à la fin

EXPOSITION

MM. les Amateurs pourront examiner les pièces à notre magasin, les 13 et 14 novembre, de *deux heures à cinq heures*.

DÉSIGNATION

TABLEAUX ET AQUARELLES

ALLARD-CAMBRAY

1 — Paysage, vue des bords de la Seine, à l'huile sur toile ; signée et datée 1877. — Louis XI à Péronne, eau-forte avec la lettre ; belle épreuve avec dédicace signée, sous verre encadrée.

BOULARD (Aug.)

2 — Marine, à l'huile sur bois, signée, encadrée.

DAMBRUN

3 — Berger gardant son troupeau au bord d'une rivière, à l'huile sur toile, signée, encadrée.

DELPY (H.-C.)

4 — Marine, à l'huile sur toile, signée et datée 1875, encadrée.

5 — Paysage, à l'huile sur toile, signé et daté 1875, encadré.

DESHAYES (Ch.)

6 — A Cernay. — Paysage. 2 tableaux à l'huile sur toile, formant pendants, signés, encadrés.

7 — Paysage, bords d'une rivière, effet de matin, à l'huile sur toile, signé et daté 1876, encadrée.

8 — Paysage, maison avec poules picorant auprès d'un cours d'eau, à l'huile sur toile, signé et daté 1870, encadrée.

E. Q.

9 — Fleurs : Iris et Tournesols, à l'huile sur porcelaine ; signé E. Q. Encadré.

GÉLIBERT (G.)

10 — Chasse aux sangliers. Aquarelle signée et datée 1880, sous verre, encadrée.

GRENAUD (H.)

11 — Moulin de Champigny, sur bois ; signé, encadré.

JACQUE (Ch.)

12 — Mouton ; étude à l'huile sur toile, encadrée. Signée.

JOINVILLE (E.)

13 — Femmes orientales. 2 tableaux à l'huile sur toile, un signé et daté 1879.

JONGKIND

14 — Paysage ; effet de lune, peinture sur toile, encadrée. Signée.

LAFAGE (G. L. de)

15 — Paysage à l'huile sur toile, signé et daté 1854, encadré.

16 — Paysage, bords de rivière, à l'huile sur toile, signé et daté 1858, encadré.

17 — Sous bois, à l'huile sur toile, signé, encadré.

PETITJEAN (E.)

18 — Marine, à l'huile sur toile, signée et datée *Anvers, 1884*, encadrée.

ROZIER (J.)

19 — Paysage, enfant gardant un troupeau d'oies, à l'huile sur toile, signé, encadré.

SOMM (H.)

20 — Un Japonais. Aquarelle ; sous verre, encadrée.

DIVERS

21 — Aquarelles par divers artistes. 5 p. ; Boissy d'Anglas, dessin au crayon rehaussé d'encre de chine.

22 — Sous ce n° seront vendus divers cadres, tableaux ou gravures non catalogués.

EAUX-FORTES

ABOT (E.).

23 — Autel en marbre blanc d'après *Mino da Fiésole*, (non décrite). — La Jeunesse d'après *Chapu*, sur parchemin. — La Charité d'après *Dubois*, 2 ép. sur japon et sur holl. dont 1 avec dédicace signée. — Vase de fleurs, sur holl. avec dédicace signée. Ensemble 5 p. belles ép. avant toute lettre.

ALLARD-CAMBRAY.

24 — Souvenirs de Madrid, suite complète de 8 p. sur japon avec dédicaces signées, plus 7 p. doubles de cette suite ou sujets divers.

Cet artiste ne figure pas au catalogue de M. Béraldi.

APPIAN

25 — Paysages gravés à l'eau-forte. 19 p. sur holl. et sur japon, q.q.-unes avant la lettre.

BEAUVERIE.

26 — Paysages à l'eau-forte. 16 p. sur holl. et sur japon, la plupart en ép. d'artiste, signées.

DE BELLÉE.

27 — Paysages. 2 pièces, très belles épreuves sur hollande avant toute lettre.

BERNE-BELLECOUR.

28 — Japonaise ; Coquetterie ; Viendra-t-elle. 3 p. sur holl., chine et japon, 2 avant la lettre.

BIDA (d'après A.)

29 — Illustration pour les Saints Evangiles, 7 pièces, épreuves d'état ou avant lettre.

BODMER. (K.)

30 — Eaux-fortes. Catalogue Beraldi nos 1 à 5, 7 à 14 et 21; 14 p. la plupart sur chine. — L'escargot et le papillon, très belle ép. sur holl. (non décrite). Ens. 15 p.

31 — Combats de cerfs. Au Bas-Bréau, 2 lithographies gr. in-fol. formant pendants, belles ép.

32 — Lithographies: Biche et Faon ; Cerf dix-cors ; Retour du gagnage ; canards sauvages, etc. etc. Ens. 15 p. sur chine.

BOILVIN.

33 — La Vierge aux innocents d'après *Rubens*. 2 états sur holl. — Portraits du Comte d'Arnim, de Ed. Morin, J. Janin, sur holl. Ens. 5 p., très belles ép. avant toute lettre. Signées.

34 — Agacerie, sur Japon ; eaux-fortes diverses d'après *Boucher*, *Boilly*, *Bida*, *Fortuny*, *Fromentin*, *Rubens*. 10 p. sur holl. et sur japon. Ens. 11 p., belles ép. avant toute lettre.

BRACQUEMOND (F.)

35 — Sarcelles (B. 111), 3e état, sur papier pâte. — Le haut d'un battant de porte, sur holl., avant la lettre mais avec la date 1865 (B. 110). — La Servante, d'après *Leys* (B. 280), très belle ép. du 3e état avant la coupure de la planche. — L'Inconnu, très belle ép. sur japon, *sans lettre* (B. 174). Ils s'en allaient dodelinant la tête (B. 123). 4e état sur japon, *sans lettre*. — La même avec la lettre sur chine. —

Portraits de Baudelaire, de Corot, de Rabelais. 3 p. sur chine, avant la lettre. — Margot la critique. — Le Corbeau, etc., etc. 21 p. la plupart avec la lettre. Ens. 30 p., belles ép.

BRESDIN (R.)

36 — La fuite en Egypte. — Paysages. Ens. 3 pièces, superbes épreuves sur chine.

37 — Le bon Samaritain ; lithographie à la plume sur pierre ; très belle épreuve avant la lettre, sur chine in-fol.

BROWN (J.-L.)

38 — Eaux-fortes diverses. 7 p., belles ép. d'artiste sur holl. et sur japon.

BRUNET-DEBAINES

39 — Notre-Dame de Bourges (B. 8). — L'église St-Vivien. (B. 9). — Intérieur d'église et la rue d'Orléans à Pont-Audemer (B. 14), 2 p. — Venise d'après *Bonnington* (B. 31). — Le troupeau d'oies, d'après *Daubigny*. — Vue de Harfleur, sujets divers, etc., 9 p. Ens. 14 belles épreuves avant toute lettre, sur divers papiers.

BUHOT (F.)

40 — Un grain à Trouville (B. 122). 2 états diff. sur hollande. — Une matinée d'hiver au quai de l'Hôtel-Dieu (B. 123), sur parchemin. — Embarcadère à Trouville (B. 126), sur hollande. —La Fête Nationale (B. 127), 3 ép. d'états et papiers diff. — Petits sujets ; 23 p. sur diff. papiers, la plupart signées.

BURNEY

41 — Portrait de Mgr de Ségur, d'après *Gaillard* ; très belle ép. sur japon, signée (B. 16)

CAREY

42 — L'audience, d'après *Meissonier* ; très belle ép. avant la lettre sur hollande.

CARJAT (Ét.)

43 — Portrait-charge, eau-forte signée C. 1856; très belle épreuve sur vélin.

CARPEAUX

44 — Croquis d'après Marcellin; très belle ép. sur holl., signée (à rebours) *à l'ami Marcellin*, 1874.

Très rare. Pièce non cataloguée par M. Béraldi.

CHAIGNEAU

45 — Moutons en plaine. — Paysages divers; ens. 5 p., très belles ép. sur divers papiers.

CHAMPOLLION (E.)

46 — Le choix du modèle, d'après Fortuny; très belle épreuve sur japon, avant toute lettre.

47 — Le papillon, d'après *Fortuny* (B. 3), sur japon, avant la lettre. — Marocains jouant avec un vautour, d'après *Fortuny*. — La Ligue, d'après *Comte*. 5 pièces, sujets divers; ens. 8 p., très belles ép. sur diff. papiers.

CHAPLIN

48 — Fileuse d'Auvergne (B. 10), ép. du 1er état sur chine. — La pêche (B. 42), en sanguine. — La morte (B. 44). — Le cochon (B. 45). — Bergers des Landes (B. 46). — Berger breton (B. 49). — Les vierges folles (B. 50). Ens. 8 p., belles ép. sur divers papiers.

CHAUVEL (Th.)

49 — Paysages; eaux-fortes originales ou d'après divers artistes. — Pièces publiés dans l'*Art*, etc. Ens. 19 p. sur diff. papiers, la plupart avant la lettre.

CHAUVET (J.)

50 — Frontispices et illustrations pour divers ouvrages; diff. états de couleur sur hollande, chine et japon; 60 pièces, quelques-unes signées.

CHIFFLART (F.)

51 — Eaux-fortes originales; 21 p. belles épreuves avant et avec la lettre, sur hollande et sur japon.

COURBET (d'après)

52 — La Curée, lithog. par *E. Vernier ;* belle ép. sur chine.

COURTRY (Ch.).

Nota. — Sauf indication contraire, toutes ces pièces sont en épreuves d'artiste ou avant toutes lettres.

53 et 54 — Le Maréchal-ferrant en Bretagne, d'après *Leleux* ; 2 ép., états et pap. diff. (B. 1). — Chevaux de Cosaques, d'après *Schreyer* ; ép. avec lettre (B. 2). — Les deux Foscari, d'après *Delacroix*, sur japon (B. 3). — Une halte dans dans l'oasis ; audience du Kalifat ; halte de muletiers, 3 p. d'après *Fromentin*, sur japon, signées (B. 5-7). Ens. 7 p., belles épreuves.

55 — L'Almée, d'après *Gérôme* (B. 9), sur holl., signée.

56 — Bain maure, d'après *Gérôme*, 3 ép., dont une de 1er état et deux terminées ; une sign. (B. 10), très belles ép.

57 — Alcibiade chez Aspasie, d'après *Gérôme*, sur japon, sig. (B. 11). — Femme à la fontaine, d'après *Henner*, sur holl., signée (B. 12). — Jeune fille aux bulles de savon, d'après *Chaplin*, sur hollande, signée (B. 13). — L'appel après le pillage, d'après *Vibert*, sur holl. (B. 16). Ens. 4 p. belles épreuves.

58 — Maréchal-ferrant espagnol, d'après *Worms*, 2 ép. sur holl., dont une du 1er état (B. 18). — En Normandie, d'après *Troyon*, 2 ép. sur japon, signées, dont une du 1er état (B. 21). — Les Glaneuses, d'après *Millet*, sur chine (B. 23) ; ens. 5 p., belles épreuves.

59 — Landes du bassin d'Arcachon ; la Forêt ; la Corderie, 3 p. d'après *van Marcke*, 6 ép. sur holl. d'états divers, très belles épreuves, 3 signées (B. 24-26)

60 — Le condamné à mort, d'ap. *Munkacsy*, très belle ép. sur chine (B. 32).

61 — Un philosophe au XVIIIe siècle, d'ap. *Meissonier*, très belle ép. sur holl.

Planche détruite après le tirage de quinze épreuves d'eau-forte.

62 — La famille d'Holbein (B. 52), sur holl. — Mlle Guimard, d'ap. *Fragonard*, sur japon, signée (B. 56). — Mme de Pompadour, d'ap. *Boucher*, sur chine (B. 58). Ens. 3 p., très belles ép.

63 — La vertu baillonnant le vice, d'ap. *Véronèse*, sur japon (B. 64). — Sortie du bois, d'ap. *Troyon*, sur japon (B. 66). — Fin d'été, d'ap. *C. Duran*, sur japon (B. 67). — Lion, d'ap. *Barye* (B. 68). 2 ép. sur holl. signées. Ens. 5 p., belles ép.

64 — André del Sarte, portrait (B. 70), 2 ép. sur holl. — Henriette d'Angleterre, d'ap. *Van Dyck*, sur holl. (B. 71). — Le Toast au roi, d'ap. *Willems* (B. 73), sur holl. — Le bon pasteur, d'ap. *Zamacois*, sur holl. (B. 74). — Titania, statue (B. 203), sur chine. — Le café arabe, d'ap. *Hédouin*, *avec lettre* (B. 226). — Intérieur flamand, d'ap. *H. Pille*, sur japon, signée (B. 228). Ens. 7 p., belles ép.

65 — Eglise St-Pierre à Caen, d'ap. *Bonnington* (B. 233), 2 ép. états et papiers diff. — La Cruche cassée, d'après *Debucourt* (B. 236), sur holl. — Tète d'homme, d'après *Rembrandt* (B. 242), holl., signé. — La femme adultère, d'après *L. Cranach*, sur holl. (B. 238). Ens. 5 p., belles ép.

66 — La Toilette du grand-père, d'après *L. Leloir*, 2 ép. sur holl., dont 1 du 1er état, signée (B. 249).

67 — Six portraits sur la même planche, d'après *Van Dyck*, sur holl. (B. 252). — Le Désert, d'après *Guillaumet*, 2 ép. sur holl. et sur japon, dont 1 avec remarque (B. 272). — Portrait de Chardin, sur holl. (B. 272). — Divers sujets, d'après *Bida*, 9 épr. en divers états, et papiers, dont plusieurs signées Ens. 13 p., très belles ép.

68 — Portrait de Molière sur holl. (B. 324). — Portraits divers (B. 372, 377 et 378). — Portrait de Michel (B. 385), sur holl. — Portrait de Duban (B. 387), sur holl. Ens. 6 p., belles ép.

69 — L'Etat-major autrichien devant le corps de Marceau, 4 ép., savoir : du 1er état sur holl. signée, du 2e état sur holl. ; terminée sur japon, signature à la pointe ; ép. avec la lettre sur chine.

Intéressante réunion, superbes épreuves.

70 — Milton dictant le Paradis perdu à ses filles, ép. du 1er état sur holl. et terminée sur japon, signées.

71 — Pièces non cataloguées : La Récureuse et le garçon tonnelier, d'après *Chardin*. — Paysage, d'après *Corot*. — Les quatre Saints, d'après *Andréa del Sarto*. — 3 petites pièces d'après *Greuze*. — Musicien, d'après *Hals*, — Diverses pièces d'après *Jundt*, *Troyon*, *Millet*, etc. Ens. 25 p. états et papiers divers, très belles épr.

DAUBIGNY

72 — Le Coup de soleil, d'après *Ruysdaël* (H. 79), ép. d'état sur vélin avant le timbre de la chalcographie. — Intérieur de la forêt de Montmorency (H. 45), très belle ép. sur vélin avant la lettre. — Pommiers à Anvers. — Plage de Villerville. — Sentier dans les blés, 3 ép. sur chine. — Lever de lune (H. 89). — Clair de lune à Valmondois (H. 117). — Le nid de l'aigle. — Le Verger. — L'aurore. — Les vendanges (H. 107). — Le Gué (H. 108). — Parc à moutons (H. 86). — Bords de l'Oise. — Souvenirs du Morvan (H. 66), vignettes diverses, 8 p., etc. Ens. 26 p., très belles ép., la plupart avant la lettre.

DELACROIX (E.)

73 — Le caïd Mohammed ben Abou, in-8 en larg., très belle épreuve sur chine avant toute lettre (M. 14.—R. 493).

74 — Tigre couché (M. 9—R. 314), belle ép. avec l'adresse de Picot, rue du Coq.

75 — Un forgeron (M. 21.-R. 459), 3e état. — Etude de femme vue de dos (M. 20.—R. 453), 2 ép. avant la lettre, 1 sur chine et l'autre sur papier ancien. — Juive d'Alger (M. 19.—R. 461), 2e état. — Arabes d'Oran (M. 23.-R. 462). 2 ép. avant la lettre sur chine, ancien tirage. — Chef Maure à Meknez (Kaid Mohammed ben Abou) (M. 14.-R. 493), avec la lettre. Ens. 7 p., très belles ép.

DELATRE

76 — Les Cerfs (B. 109), 2e état sur vélin, signée. — Le matin (B. 69), sur holl. avec dédicace, signée. — Vue de Paris (B. 66), 2. ép sur holl. et sur japon. — Paysage (B. 80), etc., etc. Ens. 9 p., belles ép.

DELAUNEY

77 — Vues de Paris et paysages, 8 p. sur holl. et sur japon, q.q.-unes avant la lettre.

DE MARE (T.)

78 — Portrait de Marguerite de Navarre, japon avant toute lettre. — S. M. la reine de Hollande, japon avant toute lettre, signée. Ens. 2 p., très belles ép.

79 — Angoisses, d'après *Schenk*, 3 ép., (dont 2 d'états) sur chine et sur japon, signées; superbes épreuves.

DIDIER (A.)

80 — La Fidélité d'après *Chevignard*, sur chine (B. 28). — Françoise de Rimini d'après *Ingres*, sur chine (B. 29). — Pastorella d'après *Hébert*, sur chine (B. 30). — La femme de Scrivérius, sur hollande (B. 35). — Fortuny, sur japon (B. 36). — Portrait d'homme d'après *D. Fiorentino*, sur japon (B. 38). — Sybille lybique d'après *Michel-Ange*, 2 épr. sur japon et sur parchemin (B. 39). Ensemble 7 belles épr. avant toute lettre.

DIVERS

81 — Eaux-fortes modernes par divers artistes. 116 pièces, la plupart avant la lettre, très belles épreuves.

82 — Portraits de Th. Gautier, Baudelaire, Delvau ; frontispices pour les ouvrages de Delvau, 20 pièces sur hollande et sur chine.

83 — Les artistes modernes, publiés par Bertaut, environ 100 pièces lithographiées.

84 — Journaux divers illustrés : Le Figaro 1883 et 1885, et autres.

DIVERS

85 — Eaux-fortes modernes et lithographies. 128 pièces de divers formats, la plupart avec la lettre.

86 — Collection Durand-Ruel ; tableaux gravés par les premiers artistes, épreuves avant toutes lettres sur chine, 22 pièces; eaux-fortes diverses de Grenaud, Veyrassat et autres, 20 pièces. Lithographies et gravures tirées de l'Artiste et autres publications, 51 p. Ens. 93 pièces, belles ép.

87 — Lithographies extraites du *Journal des Chasseurs et de la Vie à la campagne*, 102 pièces. Album de croquis divers; aquarelles, 4 pièces.

FLAMENG (F.)

88 — 2 pièces d'après *Prud'hon*, *Humdert;* coffret en émail cloisonné. Ens. 3 belles ép.

FLAMENG (L.).

89 — Paris qui s'en va et Paris qui vient, suite complète de 26 planches (manque la couverture), épreuves de 1er tirage sur papier de hollande (B. 110-136)

90 — Paris qui s'en va et Paris qui vient, 28 épreuves de divers états sur divers papiers.

91 — Eaux-fortes originales et reproductions, 8 pièces.

92 — Sauvée, très belle ép. avant toute lettre, sur hollande.

93 — La Halte, d'après *Meissonier* (B. 188).— Phryné devant le tribunal, d'après *Gérôme* (B. 190).— Le coucher de Sapho, d'après *Gleyre* (B. 196). – Hassan et Namouna, d'après *Regnault*, 2 épr. sur japon et sur chine (B. 197). — Marino Faliero d'après *Delacroix* (B. 258).—Portrait d'homme d'après *Massaccio* (B. 268). Ens. 7 p. belles épr. avant la lettre.

94 — Pièces diverses d'après *Bida*, *Bonington*, *Bonnat*, *Rembrandt*, etc., etc. 25 p. sur diff. papiers avant et avec la lettre, belles ép.

FORAIN (J. L.)

95 — Gommeux portant un bouquet, très belle épreuve sur chine.

Cet artiste ne figure pas au Catalogue de M. Béraldi.

FORTUNY

96 — Eaux-fortes originales, 3 p. sur hollande, belles épr.

FOULQUIER

97 — Vignettes pour *Molière*, 3 p. sur vélin et sur chine ; vignettes diverses, 2 p.; Nubienne, sur japon. Ens. 6 p. belles épr.

GAILLARD

98 — Portrait d'Horace Vernet, sur chine, avant toute lettre (B. 9)

GAUCHEREL

99 — Eaux-fortes diverses, 12 p. sur hollande et sur japon, belles ép.

GAUJEAN

100 — Au Skating, sur parchemin. — La jeune ménagère, d'après *Gaibrun*, sur japon. — La Fortune et le jeune enfant, d'après *P. Baudry*, 2 épr. sur hollande et sur japon. — Petits cochons dansant devant Louis XI, d'après *Comte*, sur hollande. Ens. 5 p. très belles ép. avant la lettre.

GAVARNI

101 — Les douze mois. Paris, 1869, 12 pièces in-f. gravées sur bois, avec la couverture.

GILBERT

102 — Les lutteurs, d'après *Falguière*, 3 ép. d'états diff. sur holl. et japon (B. 70). — Chats, d'après *Lambert*, sur holl. (B. 77). — La famille de Carle Vanloo, sur holl. (B. 95). — Le musico hollandais. — Musicien ambulant, d'après *Ostade* (B. 92-93), 2 p. sur chine. — Portrait de Mme Herzog, d'après *Henner*, 2 ép. sur holl. et sur japon (B. 115). — Beulé, d'après *Baudry*, holl., signée (B. 119). Ens. 10 p., très belles ép. avant toute lettre.

GONCOURT (J. de)

103. — Thomas Vireloque (B. 38). — Femme à mi-corps en chapeau, d'après *Gavarni* (B. 49). — Portrait de Mlle Meyer, d'après *Prud'hon* (B. 39). — 3 têtes de femmes d'après *Watteau* (B. 22). — Etude de jeune femme assise (B. 72), 2 ép. dont 1 d'état, retouchée. Ens. 6 p., très belles ép. sur diff. papiers.

GREUX (G.)

104 — Promenade dans le harem, d'après *Pasini*. — Rêverie, d'après *Maignan*. — La Meuse à Dordrecht, d'après *Verschuur* — Couvercle de cassette en bronze, d'après *Michel-Ange*. — Intérieur d'une pharmacie, d'après *Brekelenkamp*, et diverses autres planches parues dans l'*Art*. Ens. 19 p. sur japon, la plupart en ép. d'artiste.

GROISEILLIEZ (M. de).

105 — Eaux-fortes originales — Paysages, 16 p., superbes ép. d'états ou d'artiste, sur holl. et sur japon, q.q.-unes signées.

GUÉRARD (H.)

106 — Portrait de Manet (B. 6), belle ép. sur vieux papier. Diner Dentu, 5 p., belles ép. sur hollande (B. 29-34). Ens. 6 p.

HÉDOUIN (Ed.)

107 Invalide, d'après *Raeburn*, sur holl. — Les Trois âges, d'après *M. Lebrun*, sur holl. — Le printemps (eau-forte orig.), 2 ép. sur japon. — Paysanne et son enfant, sur holl. — Le Sergent recruteur, d'après *Meissonier*, avec lettre. — Le mot d'ordre, d'après *A. Leleu*, sur chine, 2 pièces d'après *Bida*, sur chine. — Portrait de Mme···, d'après *Chaplin*, 2 ép. dont 1 sur parchemin. — Aïscha, sur japon. — La Barateuse. — La cueillette des haricots. — La mort et le bûcheron, 3 p. d'après *Millet*, sur holl. et japon. — Pièces diverses, 4 ép. Ens. 19 p., la plupart en ép. avant toute lettre ou d'artiste.

JACQUE (Ch.)

108 — Pastorale. — Berger gardant son troupeau. — Paysanne faisant manger un oiseau. Ens. 3 pièces, sous verre, encadrées.

109 — Partie de son œuvre, 37 pièces, très belles épreuves sur chine, avec la lettre.

110 — Partie de son œuvre, 56 pièces, très belles épreuves sur chine, quelques-unes avant la lettre.

111 — Partie de son œuvre, très belles épreuves sur chine, plusieurs avant la lettre et quelques unes signées. 125 pièces. — Série publiée en 1875, 10 pièces, superbes épreuves sur japon avant toutes lettres, plus 1 double épreuve d'essai, en sanguine, avec dédicace. Ensemble 136 pièces.

112 — Partie de son œuvre. 153 pièces en épreuves sur holl. ou sur chine, plusieurs avant la lettre.

113 — L'orage (G. 212 *bis*), 2 ép. sur hollande. — Les Musiciens, 3 épreuves divers états et papiers. — Portrait de Luquet, 2 ép. — Pièces diverses, 14 ép. Ens. 21 p., très belles épreuves.

JACQUE (Léon)

114 — Sujets divers, pièces originales ou copies. Ens. 18 p., q. q. unes avant la lettre.

JACQUEMART (J.)

115 — Gemmes et joyaux de la couronne, texte par Barbet de Jouy. Paris, 1865, 30 pl. in-f. sur hollande. (Tome 1er seul).

116 — Les amateurs d'estampes, d'après *Meissonier*, en noir, bistre et sanguine sur chine et japon. Ens. 3 p., belles épreuves avant lettre.

117 — Défilé des populations Lorraines. 2 ép. sur holl. et une sur chine.

118 — Huit études et compositions de fleurs; suite complète sur holl.

119 — Chez Berne-Bellecour, sur japon. — Avant le bal, sur holl. — L'écureuil et la mouche, chine avec la lettre. — Une habitation à Fécamp, sur holl. — L'Infante Isabelle, d'après *Simon de Vos*, sur japon. — Le Bourgmestre de Leide et sa femme, d'après *C. de Moor*, sur japon. — L'Auberge, d'après *Van Ostade*, sur japon. — Elisabeth de Valois, d'après *A. More*, sur japon. — Paysage, d'après *Rembrandt*. — Buste d'Henri III, d'après G. Pilon. Ens. 10 p., belles ép.

120 — Les amateurs d'estampes, d'après *Meissonier*, sur japon. — Souvenirs de voyage, sur holl. — Table de Beurdeley, sur holl. — Trépied, d'après *Gouthière*, sur holl. — Vénus marine en bronze, sur holl. — Miroir vénitien sculpté, sur holl. Ens. 6 p., belles ép.

121 — 6 pièces des gemmes et joyaux, sur holl. — Octavie (camée), sur parchemin. — Portrait de Dumas fils, 2 ép. sur holl. — Triptyque allemand. Ens. 10 p., belles ép.

122 — L'approche de l'orage, d'après *Van der Cappelle*. — Nature morte d'après *Cuyp*. — L'orage d'après *Greuze*. — Rêve d'amour, d'après *Greuze*, 4 p., très belles ép. sur japon. — Le joyeux compagnon, d'après *Hals*, 3 ép. dont 1 sur parchemin. — Portrait d'homme, d'après *Rembrandt*. — Willhem van Heythuisen. — Le soldat et la fillette qui rit d'après *Van der Meer*, 3 p. de la collection Double, sur holl. — Les Manolas, d'après *Goya*, sur holl. Ens. 11 p., très belles ép.

123 — Le liseur, d'après *Meissonier*, très belle ép. avant la lettre sur holl., *signée au crayon*.

LA GUILLERMIE

124 — Martyre de Saint-Barthélemy, d'après *Ribera*, 1er état sur holl., signée. — Ménippe, Un philosophe, 2 p., d'après *Velasquez*, sur vélin avant toute lettre. — La lecture du Coran d'après..., ép. sur japon avant toute lettre. — Les personnages du théâtre de Molière, d'après *Geffroy*, sur parchemin 7 pièces diverses, avec la lettre. Ens. 12 p. belles ép.

125 — L'Etat-major autrichien devant le corps de Marceau, superbe ép. d'artiste sur japon, avec dédicace signée.

126 — La même pièce, très belle ép. d'état sur japon.

LALANNE (M.).

127 — Vues de Paris, 2 p. sur holl., sous verre, encadrées.

128 — Eaux-fortes et gravures sur bois, par et d'après M. Lalanne, 3 pièces.

129 — A Haarlem. — Paysage. — Vue du pavillon des eaux et forêts, 2 ép. dont 1 d'état. — Château de Chaumont. — A Fribourg. — Richemond. — La maison dite de Molière. — Cusset. — Vue du Pont-Neuf, prise du quai des Grands Augustins. — Cénon. — Vieux quartier de Vitré, 3 ép. d'états diff. — A Zaandam. — Un vieux port de la Normandie, 2 états diff. — Vues des environs de Paris et paysages, 9 p., q.q.-unes avant la lettre. Ens. 26 p., très belles ép. sur holl. et sur japon, plusieurs signées.

LALAUZE (AD.)

130 — Une halte, d'après *Meissonier*, japon avant la letttre. — Seigneur Henri III, d'après *Meissonier*, 2 ép. états diff. sur holl., dont 1 signée.

131 — Suite pour *Molière*, sur hollande, marges in-folio, 12 p. (manque 1 et 2), plus 5 doubles avant toute lettre sur chine.

132 — Les cadeaux de noce. — Le retour d'un baptême en Espagne d'après *Gonzalès*, 2 p. sur chine et sur japon. — The queen of the Swords d'après *Ordchardson*, sur parchemin. — La Courante, d'après *Pieter Codde*, sur hollande. — Noce de village, d après *Ostade*, sur chine.

— 2 p. d'après *Bida*, pour l'histoire de Joseph, sur chine et japon. — 3 pièces, d'après *Prud'hon* et *Mlle Mayer*, sur hollande avant lettre. — Portrait de Boucher, sur japon, signé. Ens. 11 p.

133 — Portrait de Marie Leczinska, 2 ép. sur hollande. — Frontispice pour les poésies de Montreuil, 2 p. sur hollande et japon. 8 pièces diverses. Ens. 23 p., la plupart avant toute lettre, q. q.-unes signées.

134 — Portrait, d'après *F. Hals* (?), 2 ép. sur hollande et sur japon, signées avec dédicaces. — Souvenir de Longchamp, d'après *Detaille*, ép. d'artiste sur chine. — Portrait de Goya d'après *Lopez*, sur hollande. — La Bonne nouvelle, d'après *Wilhems*, sur chine, signée. — Henri III à la procession, d'après *Eug. Lamy*, sur chine. — Avant le combat, d'après *Detaille*, sur chine. — Le Voyage de Noces, d'après *Goubie*, sur hollande. — Portrait de femme d'après *Rembrandt*, sur hollande. — Portrait de la marquise de Chauvelin, d'après *Greuze*, 2 ép. sur différents papiers. Ens. 11 p. très belles ép.

LANÇON (A.).

135 — Eaux-fortes extraites de la Troisième Invasion, 14 p. sur japon et sur hollande, très belles ép. — Etudes d'animaux, 20 p. sur hollande et sur japon, la plupart en ép. d'artiste ou avant la lettre. Ens. 34 p.

LE COUTEUX (L.).

136 — Brunehaut d'après Luminais, sur japon. — Centaure et centauresse, sur holl. — Tête de marin, sur japon. — Eh ! de quoi ! sur japon, signée. Ens. 4 p., très belles ép. avant toute lettre.

LEFEBVRE.

137 — Le Rêve, sur japon et sur hollande, avant toute lettre. — Tête de jeune fille de profil, à droite, ép. d'état sur hollande. Ens. 3 p. très belles ép.

LEFORT (H.).

138 — L'Horoscope, d'ap. *Freudeberg*, 3 ép. d'états différents, sur hollande. — Erasme, d'après *Holbein*, sur chine. — Le Repas de famille, d'après *Vautier*, sur hollande. — Les Commères, d'après *Lhermitte*, sur hollande. — La leçon de musique, d'après *J. Steen*, sur hollande. — François

Borgia devant le tombeau d'Isabelle de Portugal, d'après *Laurens*, 2 ép. d'états diff. Ens. 9 p. très belles ép. d'artiste.

LEGROS (A.).

139 — Le Lutrin, avec la lettre. — Le Réfectoire. — Le Manège, 2 p. avec la lettre. — Mendiants anglais. — La Charrue. — Vieil Espagnol, 3 p. avant la lettre. Ens. 6 p., belles ép.

LHERMITTE.

140 — La Sortie, d'après *Wilhems*, sur chine. — Intérieur de moulin à Kersaint, sur japon. Ens. 2 p., belles épreuves avant toute lettre.

LELOIR (Maurice).

141 — Frontispice pour un album de Cadart. 2 p. sur hollande et sur japon, dont 1 avant toute lettre.

LE RAT.

142 — Portrait d'homme, d'après *Rembrandt*. — La Bouillie du petit. — Portrait d'homme, d'après *Holbein*, 2 ép. dont 1 état. — Portrait de Delvau, 3 ép. dont 1 avec la la lettre. — Portrait de Ricard, (avec lettre). — Combat sur une voie ferrée, d'après *de Neuville*, (avec lettre). — Buste de femme, d'après *Mino da Fiésole*. — Le Simoun, la prière dans le désert, 2 p., d'après *Fromentin*. — Petit portrait de femme. — Portrait de femme d'après *Vélasquez*. --Petit portrait d'homme. -- La veillée d'après *Menzel*, 2 ép. dont 1 signée. -- La tricoteuse. --Un cerf sur pied d'après *Barye*. Ens. 19 p. très belles ép., la plupart avant toute lettre sur diff. papiers.

143 — Le Doge Dovedano, d'après *Giov. Bellini*, très belle ép. sur japon avant toute lettre.

144 — Les Joueurs de lansquenet, d'après *Meissonier*, très belle ép. d'état très avancé sur vieux papier.

145 — Joueur de fifre d'après *Meissonier*, très belle ép. d'état sur hollande.

Morceau enlevé dans la marge inférieure.

146 — Le Cabinet d'étude, d'après *Meissonier*, très belle ép. d'état sur hollande. — Homme debout lisant, d'après *Meissonier*, état sur hollande. — Homme d'armes, d'après *Meissonier*, sur chine. — Paysan trainant une brouette, d'après *Millet*. Ens. 4 p., belles ép. avant toute lettre.

MARTIAL (A.-P.)

147 — La Glaneuse, d'après *J. Breton*, signée. — Jeune citoyen de l'an V, d'après *Goupil*. Ens. 2 p., très belles ép. sur japon, signées.

148 — La Merveilleuse, d'après *Goupil*, ép. d'artiste sur hollande, signée.

149 — La même, très belle ép. sur japon, signée.

150 — Les Cancalaises, d'après *Feyen-Perrin*, très belle ép. d'artiste sur japon, signée.

MARTINEZ (N.)

151 — Suite de 17 pièces et un portrait pour illustrer *L'Heptaméron*, édition Lemerre; épreuves sur hollande avant la rognure des planches et l'inscription sur le frontispice.

152 — Portraits de Jules Janin (4 épreuves), P. de Musset, Bourgeois, Armand Silvestre, Barbey d'Aurevilly. Ens. 8 pièces.

153 — Portraits de Paul de Musset, Janin, A. Silvestre, M. Bourgoing, la reine de Navarre. Ens. 8 pièces sur hollande et sur chine.

154 — La Vierge et l'enfant Jésus, d'après *Otto Venius*, 2 ép. d'état sur hollande et une terminée sur parchemin. — 2 pièces d'après *Bida*. Ens. 5 p., très belles ép.

155 — Le Maréchal Prim, d'après *H. Regnault*, ép. d'état sur hollande. — Portraits divers : Armand Silvestre, A. de Musset, Barbey d'Aurevilly, Bourgoing, J. Janin, Rémy Bellau, Perrault, Racine, V. Hugo. 16 p. de divers états sur hollande. — Reproductions diverses pour catalogues de ventes de tableaux, 14 p. états diff. sur hollande. — L'Angélus, d'après *Millet*, sur hollande. — Buste colossal de Cosme Ier, d'après *Benvenuto Cellini*, 3 états diff. sur hollande et sur japon. — Buste d'Henri Regnault, 2 ép. sur hollande et sur parchemin. — La Vierge et l'en-

fant Jésus, d'après *Otto Venius*, 2 ép. sur hollande et sur japon. Ens. 39 p., très belles ép. d'artiste.

156 — La Proposition, d'après *Vibert*, épr. de remarque sur chine, sous verre, encadrée.

MASSON.

157 — Intérieur d'une forge, *eau-forte orig.* — Cabaret normand, d'après *Ribot*. — Portrait d'homme d'après *Rembrandt*. 3 p. sur chine et sur japon avant la lettre. — Gravures, d'après divers, 5 p. Ens. 8 p., belles ép.

MEISSONIER (E.)

158 — Son portrait, gravé par *Regnault*, très belle ép. sur chine, avant toute lettre.

159 — Le Sergent recruteur, sur chine. — Les Ribauds, sur japon. 2 p., très belles ép.

MÉRYON (Ch.)

160 — La Tour de l'Horloge (W. nº 12), très belle ép. sur chine, sous verre, encadrée.

161 — La Pompe Notre-Dame (W. nº 15), 1er état sur holl.
Le nom de Méryon a été gratté et l'épreuve est raccommodée dans la marge du bas.

162 — Le Pont au Change (W. nº 18), très belle ép. du 1er état sur hollande, *avec un seul ballon*.
Le nom de Méryon a été gratté.

163 — L'Abside de Notre-Dame de Paris (W. nº 22), très belle ép. du 2e état sur hollande.
Le nom de Méryon a été gratté.

164 — La Morgue (W. nº 20), très belle ép. du 2e état sur hollande.
Les inscriptions de la marge inférieure ont été grattées.

165 — Le Petit Pont (W. nº 8), très belle ép. du 2e état sur hollande.
Raccommodage dans la marge supérieure.

166 — La Rue des Toiles à Bourges (W. nº 35), belle ép. du 4e état sur hollande.

167 — Ancienne habitation à Bourges (W. nº 34), belle ép. du 2e état sur hollande.

168 — Adresse de Rochoux (W. n° 47), sur hollande. — Armes de Paris (W. n° 5), sur hollande. Ens. 2 p., belles ép.

169 — St-Etienne du Mont, 5e état sur hollande (W. n° 14). — Tourelle, rue de la Tixéranderie (W. n° 13), 1er état sur hollande. Ens. 2 p., belles épreuves.

170 — Le Grand Châtelet à Paris (W. n° 85), très belle ép. du 1er état sur hollande.

171 — L'Arche du Pont Notre-Dame (W. n° 9), 1er état sur hollande. — Le tombeau de Molière (W. n° 23), sur hollande. Ens. 2 p., belles épr.

172 — Rue des Chantres (W. n° 25), 2e état sur hollande. — La Galerie Notre-Dame (W. n° 10), 3e état sur hollande. Ens. 2 p., belles ép.

173 — Tourelle, rue de l'Ecole de Médecine (W. n° 24), 4e état sur hollande. — Ministère de la marine (W. n° 26), 4e état sur hollande. — Vue de l'ancien Louvre (W. n° 60), 2e état sur vélin. — Le Pavillon de Mademoiselle (W. n° 68), d'après Zeeman, sur hollande. Ens. 4 p., belles ép.

174 — Présentation au roi Louis XI (W. n° 82), sur hollande. — La porte Baudet, d'après Zeeman (W. n° 69), sur hollande. — Passerelle du Pont au Change (W. n° 84), 2e état sur chine. Ens. 3 p., belles ép.

175 — Greniers indigènes (W. n° 39). — Grande case indigène (W. n° 40). — Océanie, pêche aux palmes (W. n° 41). — Nouvelle Zélande, pêche à la Seine (W. n° 42). — Nouvelle Zélande, état de la petite colonie française d'Akaroa (W. n° 43). — La chaumière du colon (W. n° 44). Pro-volant des îles Mulgrave (W. n° 45). — Rébus, la vendetta (W. n° 55). — Rébus, Béranger (W. n° 57). Ens. 9 p. derniers états avec la lettre, belles ép.

176 — Marine, d'après Zeeman et animaux d'après Karel du Jardin ; 3 p. — Portraits de MM. Casimir Lecomte (W. n° 86), François Viète (W. n° 88), Jean Besly (W. n° 91), René de Burdigale (W. n° 92), Bizeule (W. n° 93). Ens. 8 p., belles ép.

Les portraits sont avec la lettre.

177 — Méryon, son portrait sur son lit d'après nature, par *L. Flameng*, sur hollande.

178 — Méryon, son portrait gravé par *Bracquemond* (Béraldi n° 78), très belle ép. sur chine, avec les vers.

179 — Méryon, son portrait gravé par *Bracquemond* (B. n° 77, 2 b.), 2 ép. sur hollande, signées.

180 — Lithographie de Chauvel représentant une marine, d'après Méryon, ép. avec dédicace à M. Arnauldet, (tirée à 100 épreuves).

MICHEL-ANGE

181 — Le jugement dernier, photographie format in-folio, sur bristol.

MICHELIN

182 — Les Saules, 2 ép. d'états diff. — La Mare, 1er état. — La Bourboule ; paysages divers ; cartes de visites, 11 p. Ens. 15 p., très belles ép. d'artiste.

MILIUS (F.)

NOTA. — Toutes ces pièces sont en épreuves d'artiste, avant toute lettre et avant l'aciérage.

183 — Portrait de Goya, d'après *Goya*, 2 épr. états différents sur hollande. — 3 vignettes pour la Chanson de Fortunio, sur japon, avec remarque. — Pepito, Toc et d'Artagnan, d'après *Eug. Lambert*, 5 épreuves, états et papiers différents. — Étude de jeune femme, d'apr. *Reynolds*, sur holl. — Portrait de femme attribué à *Watteau*, sur holl. Ens. 12 p., belles épreuves.

184 — Le Triomphe de Marat, d'après *Boilly*, 2 épr. sur holl. et sur japon. — Fin d'octobre, d'apr. *Duez*, 3 ép. états différents sur holl. — Médée, d'apr. *E. Delacroix*, 3 états différents sur hollande. — Portrait de Swebach, d'après *Boilly*, 2 ép. sur hollande et sur chine. — Portrait de Sauvage, d'apr. *Donvé*, sur holl. — Prédication, d'ap. *Hockert*, sur holl. — Le Naturaliste, *eau-forte originale*, 2 ép. dont une terminée et signée sur holl. Ens. 14 p., belles ép.

185 — Van Dyck et le comte de B., d'ap. *van Dyck*, 2 états sur holl. — 4 pièces pour l'histoire de Joseph, d'ap. *Bida*, dont une avec des indications manuscrites de Bida. — Persée délivrant Andromède, d'après *Rubens*, sur japon. — Marie Tudor, d'apr. *A. Moro*, 2 états holl. et

japon. — Couronnement de Louis XIII, d'apr. *Rubens*, sur holl. — L'enfant à la gauffre, d'ap. *Maes*, sur japon. — Les fileuses, d'ap. *Vélasquez*, sur japon. Ens. 12 p., belles ép.

186 — L'horoscope réalisé, d'ap. *Freudeberg*, *ép.* unique de la 1re planche égarée, sur holl. - La même, ép. sur japon de la 2e planche. Portraits d'Isabey et de Taunay, d'ap. *Boilly*, sur holl. — L'infante Marguerite, d'ap. *Vélasquez*, 2 ép. état et papiers diff. — Portrait de Blot, graveur, d'ap. *Boilly*, 4 états diff. sur hollande, dont 2 d'une 1re planche qui a été perdue ; ens. 9 p., belles ép.

187 — L'infante Marie d'Autriche, d'ap. *Vélasquez*, 2 états diff. sur holl. — Le prince Balthazar Charles, d'ap. *Vélasquez*, 2 états diff. sur holl. — Combat de taureaux d'ap. *Goya*, 3 états diff. dont l'un avec lettre. — Un Stradivarius, d'ap. *Gœneute*, sur japon. — Sujets divers, d'après *Corot*, *Daubigny*, *de Kniff*, *J. F. Millet*, *Decamps*, *Fromentin*, *Steen*, etc., etc. 26 pièces avant toutes lettres ou en ép. d'état ; ens. 34 p.

MILIUS.

188 — La reine Artémise, d'ap. *Rembrandt*, très belle ép. avant toutes lettres sur parchemin in-folio.

189 — La même pièce, belle épreuve avec la lettre, sur chine.

MONGIN (A.).

190 — La naissance de Vénus, d'après *Coypel*, hollande avec remarque, signat. à la pointe. — Les Visiteuses, d'après *Stevens*, japon avant lettre. — Portrait, d'après *Moroni*, hollande avant lettre. — Portrait d'homme, d'après *****, sur holl. avant lettre. — Portrait de femme, d'après *Drouais*, (?), holl. avant lettre ; ens. 5 pièces, très belles épreuves avant la lettre.

191 — Portrait d'Alexandre Dumas, sur chine. Une lecture chez Diderot, 2 états diff. sur holl. ; ens. 3 p. d'après *Meissonier*, ép. d'artiste.

192 — L'Annonciation, d'après *Memling*. — Un Accident d'après *Dagnan*. — Les Brigands d'après *Glindoni*, ép. de remarque, signée du peintre et du graveur. — Mme Orchardson, portrait de Ch. Moxon, 2 ép. d'états diff., 3 p. d'après *Orchardson*. — La Bohémienne, d'après

F. Hals. Ens. 7 p., très belles ép. d'artiste sur holl. et sur japon, qq.-unes signées.

193 — L'Ordonnance d'après *Meissonier*, très belle ép. sur holl. avant toute lettre, signée.

194 — Le Portrait du sergent, d'après *Meissonier*, très belle ép. sur hollande avant toute lettre, signée.

195 — Le Picadore, d'après *Vibert* — Intérieur de ferme, d'après *J. Dupré*. Ens. 2 p., très belles ép. sur chine avant toute lettre.

MONZIÈS

196 — En 1795, d'après *Goupil*, 7 ép. d'états diff. sur holl. et sur japon. — M. et Mme Edwin Edwards, d'après *Fantin*. — La Folie de Hugo van des Goes, d'après *Wauters*. — Confidence, d'après *Stevens*. — Le Maréchal Duroc, d'après *Meissonier*, 3 états diff. ; 1 pièce d'après *Bida*. — L'Accouchée, d'après *Duez*. — L'Amateur de tableaux, *eau-forte orig*. — Le Martyre de St-Sébastien, d'après *Ribot*. — Portrait de Sarah Bernhardt, d'après *Bastien Lepage*, très belle ép. Ens. 18 p., la plupart en ép. d'artiste sur holl. et sur japon.

MOSSOLOFF (Nicolas).

197 — Satyres, d'après *Rubens*, sur chine. — Hélène Forman, d'après *Rubens*. — Portrait d'homme, d'après *Rembrandt*, sur holl. ; ens. 3 p., belles ép. avant toute lettre.

NIEL (Mlle).

198 — Les Cagniards de l'Hôtel-Dieu, 2 p., ép. avant la lettre. — Vues de Venise, etc. 2 p. sur chine et holl. — Maison rue du Cloître des Bernardins, sur holl. Ens. 5 p., très belles ép.

PICCINI.

199 — Souvenirs de Rome et Types divers. 12 p., très belles ép. sur holl.

PIGUET (R.).

200 — Portrait de Gustave Doré, 2 ép., (2 pl. diff.). — Baigneuse. — Portrait de petite fille. Ens. 4 p., très belles ép. sur holl.

PIRANESI

201 — Alcune vedute di archi trionfali ed altri monumenti, etc. ; in-fol. obl., 32 pl. en carton.

POMPÉI

202 — Diversi ornati delle Pareti, volte e pavimenti di Musaico esistenti nelle cammere della Casa di campagnia di Pompéi. Publ. da F. Piranesi, 1808 ; 1re partie in-fol., 12 pl. en carton.

RAJON (P.).

203 — Mme Pasca, d'après *Bonnat*, sur japon avant toute lettre.

204 — Cortijiana, d'après *Blanchard*, sur japon avant toute lettre.

205 — Dame de la famille Brignoles, d'après *Paris Bordone*, sur hollande avant toute lettre.

206 — Portrait de Félix Bracquemond, d'après lui-même, sur japon avant toute lettre.

207 — La lecture de la Bible, le mariage. 2 p. d'après *Brion*. — Portrait de Canova, d'après *Jackson*, sur hollande avant toute lettre. Ens. 3 p. belles ép.

208 — Le plan de Robert Macaire, d'après *Detaille*, 2 ép. dont 1 sur japon signée.

209 — Portrait de Gravenstières, d'après *Van Dyck*, sur hollande avant toute lettre. — Arbres morts, d'après *Jules Dupré*. Intérieur de couvent, d'après *Bonvin*. 2 p. sur hollande. Ens. 3 p. belles ép.

210 — Le Muezzin, ép. d'artiste, sur hollande signée, et portant la signature de Rajon, sur le toit, à l'angle gauche inférieur.

211 — La même pièce, très belle ép. sur chine avant toute lettre, la signature à la pointe effacée.

212 — Le Duel après le bal, d'après *Gérôme*, 1er état sur chine (*tiré à 3 épreuves*).

213 — Le Hache-paille égyptien, d'après *Gérôme*. 2 ép. sur chine et sur vélin, dont 1 avant dernier état signée, très belles ép.

214 — Saint-Georges, d'après *Giorgione*, superbe épreuve sur papier ancien, signée.

215 — Espagnole tenant une cruche dans son bras droit, d'ap. *Goya*, très belle ép. d'artiste sur hollande, signée.

216 — Pudeur, d'après *Greuze*, avec la lettre, sur chine. — Cour de maison hollandaise d'après *P. de Hoogh*, sur japon avant toute lettre. Ens. 2 p., très belles ép.

217 — La Ratisseuse, d'après *Maës*, ép. d'artiste sur japon. — La leçon de musique, d'après *Metzu*, ép. d'artiste sur chine, signée. Ens. 2 p. belles ép.

218 — Portrait de Murillo, d'après lui-même, très belle ép. d'artiste sur vélin.

219 — Fumeur flamand, d'après *Meissonier*, très belle ép. sur hollande, plus 1 ép. avec la lettre. Ens. 2 p. très belles ép.

220 — Le Peintre, d'après *Meissonier*, très belle ép. sur papier pâte, signée.

221 — Printemps, d'après *Marchal*, sur chine avant toute lettre.

222 — Portrait de G. Riœding, d'après *Ouless*, ép. d'artiste sur chine, signée.

223 — Portrait de Pochin, d'après *Ouless*, très belle ép. sur hollande, signée, avec dédicace.

224 — En retard pour la fête, d'après *Roybet*, sur chine avec lettre. — Salomé, d'après *H. Regnault*, ép. d'artiste sur chine. — Sir Georges Younge, d'après *Reynolds*, sur hollande ; ens. 3 p. belles ép.

225 — Portrait de Samuel Smiles, portrait de sir Rowland Hill. Ens. 2 p. très belles ép. d'artiste sur chine, signées.

226 — Mss Baldwin, d'après *Reynolds*, superbe ép. d'artiste sur chine, signée.

227 — La femme au chapeau de paille, d'après *Rubens*, superbe ép. d'artiste sur japon, signée.

228 — La femme et le fils de Rubens, d'après lui-même, belle ép. d'artiste sur hollande.

229 — A la Saint-Nicolas, d'après *Jean Steen*, sup. ép. d'artiste sur chine, signée.

230 — Le premier né, d'après *Vibert*, ép. d'artiste sur chine.

231 — Portrait de Georges Moore, ép. d'artiste sur chine, signée. — Portrait de vieille femme, d'après *Rembrandt*, sur hollande avant toute lettre. — Juan d'Autriche, bouffon, d'après ****, sur holl. — La Vierge et l'enfant Jésus, d'après ****, sur holl. — Le Serment de Vargas, sur chine, signée. — 2 pièces sur chine pour la Marie-Stuart de Lescure. Ens. 7 p. très belles ép.

232 — Portrait de Joachim, célèbre violoniste, ép. d'artiste sur japon.

RENOUARD (P.).

233 — La Nourrice, le 5e acte de l'Africaine ; ens. 3 p., ép. d'artiste sur hollande.

ROCHEBRUNE (de).

234 — Cheminée monumentale, escalier du château de Chambord, la Sainte-Chapelle de Thouars, etc., etc. 8 p., très belles ép.

ROPS (F.).

235 — Menu politique, hollande (R. p. 213). — La Galatelle, 2 ép. sur hollande et japon (R. p. 232) dont un état non décrit (*avant les initiales C. R.*). — Ens. 3 p., très belles épreuves.

236 — La Dalecarlienne, ép. sur hollande, signée (R. p. 55).

237 — Juillet, très belle ép. sur japon, signée (R. p. 131).

238 — Douce folie, très belle ép. sur hollande, signée (R. p. 128).

239 — La Vie élégante, frontispice ; épreuve de l'héliogravure sur japon, signée (R. p. 361).

240 — Les Jeune-France, frontispice, japon, signée (R. p. 317).

241 — Frontispice des Diaboliques, moyen format, japon (R. p. 257).

242 — Le Sphinx, ép. sur hollande, signée (R. p. 129).

243 — Frontispice des Œuvres inutiles ou nuisibles ; très belle ép. du 9e état sur japon, signée (R. p. 123).

244 — La même pièce, très belle ép. du 10e état sur japon, signée.

245 — Passé minuit; 1er état sur hollande et 3e état sur japon; ens. 2 p., très belles épreuves (R. p. 34).

246 — Petite Femme à la fourrure, assise. 2 ép. du dernier état sur hollande (R. p. 28).

247 — Grande Femme à la fourrure, assise. Epreuve des 1er, 2e, 3e états sur japon et hollande, plus une épreuve d'un état non décrit (avec le old gentleman, mais sans les croquis). Ens. 4 p., très belles épreuves (R. p. 28).

248 — L'Avocat, très belle ép. sur hollande, signée. d'un état non décrit; plusieurs des figures, entre autre le Paysan assis, ne figurent pas sur la planche. (R. p. 160).

249 — Paysanne du Gâtinais, très belle ép. sur hollande. (R. p. 94).

250 — Frontispice Rimes de Joie, 1er état japon, signée; 3e état hollande. Ens. 2 p., très belles épreuves.

251 — Affichette des Rimes de Joie. 2 p., très belles ép. sur japon, dont une signée (R. p. 251).

252 — Mâturité. 2 ép. sur japon et hollande, dont une avant la coupure du cuivre. (Pièce non cataloguée).

253 — La Femme à la tête de mort et la portière de Jacquemart; pl. d'ensemble, ép. sur hollande (R. p. 411).

254 — Les Laveuses, très belle ép. sur japon, signée (R. p. 89).

255 — Vénus milita, très belle épreuve sur chine, pièce signée Bois Seigneur, (*non décrite*). — Lassata, ép. sur hollande (*non décrite*) a été pliée; ens. 2 pièces.

256 — Menu Duluc, sur hollande signée (R. p. 225). — Misanthropie, holl. signée (R. p. 70); ens. 2 p. très belle ép.

257 — Guerrière (R. p. 129). — Au jardin (R. p. 107); ens. 2 pièces, très belles ép. sur japon, signées.

258 — Don Paëz, très belle ép. sur japon signée; la même pièce, ép. sur holl.; ensemble 2 p. (R. p. 346).

259 Les Diaboliques, suite de huit eaux-fortes, (manque le sphinx), tirées sur divers papiers de formats différents. (R. p. 257); une pièce est signée.

260 — Billet à désordre (R. p. 61). — Sortie de bal (R. p. 86). Ens. 2 p., très belles ép. sur hollande, signées.

261 — Oude-Kate, belle ép. sur japon, signée (R. p. 41). Rops. Etude par J. Péladan, broch. in-8.

262 — Le Rappel, très belle ép. sur japon, signée (R. p. 120).

263 — Rosaire et Rosière (R. p. 57). — Compagnons de box (R. p. 94); ens. 2 p., très belles ép. sur japon.

264 — Printemps, très belle ép. sur japon signée (R. p. 142).

265 — Frontispice pour J. F. Millet, Souvenirs de Barbizon, ép. avec la lettre sur chine (R. p. 349). — Les champs, très belle ép. sur japon, signée (R. p. 140).

266 — Vieille gouge, holl. signée (R. p. 134). — Curieuse, frontispice, 1er état sur holl. signé, 3me état sur japon (R. p. 346); ens. 3 p., très belles ép.

267 — Vieux faune, très belle ép. sur holl., signée (R. p. 80).

268 — O Nature (R. p. 141). — La République aimable (R. p. 148); ens. 2 p., très belles ép. sur japon, signées.

269 — Mors syphilitica (R. p. 141). — Seule (R. p. 79); ens. 2 p. très belles ép. sur japon, signées.

270 — Hamadryade ; très belle ép. sur japon, légendée ainsi de la main de l'artiste : *Léris, d'après Rops.*

271 — Le Vol et la prostitution dominant le monde (R. p. 122). — Complaisance (R. p. 64). Ens. 2 p. très belles ép. sur japon, signées.

272 — Mademoiselle de Maupin (R. p. 138) ; très belle ép. sur hollande, signée.

273 — Le Massage (R. p. 271). — Une des Remarques du Christ au Vatican (R. p. 332). Ens. 2 p., très belles ép. sur japon, signées.

274 — Ma Golonelle ; très belle ép. japon, signée (R. p. 106). — Petit modèle (non cataloguée) ; très belle ép. sur japon, signée.

275 — Zud-West ; ép. sur hollande signée (R. p. 72). — Plénipotentiaire, très belle ép. sur japon, signée, non décrite. Ens. 2 p.

276 — Le Chat de Mme C. (R. p. 234). — Clos du Roy (R. p. 63). Ens. 2 p., très belles ép. sur japon, sign.

277 — Dans l'Atelier, japon, signée (R. p. 131). — Front. de l'art priapique, chine, signée (R. p. 368) ; ens. 2 p., très belles ép.

278 — A Cœur perdu ; frontispice, deux ép. sur hollande, dont une avant la coupure du cuivre, (non décrite).

279 — Les Cythères parisiennes, frontispice et pl. d'ensemble. 2 p. très belles épreuves sur chine, signées (R. p. 307).

280 — Très vieille ; hollande, signée (non décrite). — Le Train des Maris ; holl., signée (R. p. 127). — Les Pensées, lettrine, sur hollande (R. p. 237). Ens. 3 pièces, belles épreuves.

281 — La Clef des Champs. 1er état japon, signée. — Le Pendu de Lavallois. 1er état sur hollande (R. p. 146). Ens. 2 pièces, très belles ép.

282 — Auscultation ; très belle ép. sur hollande, signée (*non décrite*). — Nubilité, ép. sur japon, signée (R. p. 201).

283 — L'Incantation ; très belle ép. sur japon, signée, (*non décrite.*)

284 — L'experte en dentelles (vieille) ; très belle ép. sur japon, signée (*non décrite*).

285 — La Gardeuse de moutons, d'après *Millet ;* très belle ép. sur holl., signée (R. p. 351).

286 — Les Laveuses, réduction en frontispice, très belle épreuve sur hollande signée, avec les quatre croquis dans la marge inférieure (non décrite).

287 — Dessin original au crayon ; frontispice pour Fariboles et Bagatelles *d'Henri Liesse.*

288 — Frontispice des Bas-fonds de la Société, chine, signée (R. p. 339). — La Presse, pour F. Nys, sur hollande (R. p. 243) ; ens. 2 pièces belles ép.

289 — Les Cousines de la Colonelle (R. p. 287). — Chansons de Collé (R. p. 274) ; ens. 2 pièces, très belles ép. sur japon, avec les croquis dans la marge, une signée.

290 — Frontispice pour les ouvrages de Gay et Doucé : Les Exercices de dévotion de M. Henri Roch, en noir sur ja-

pon, signé ; le même, en couleur, sur vélin, signé (R. p. 362). — Œuvres de Grécourt, sur hollande (R. p. 323). — La fleur lascive, japon (R. p. 314). — Le Christ au Vatican, sur vélin (R. p. 332). — La Sphère de la lune, japon (R. p. 352). — La messe de Gnide, japon (R. p. 337) — Le diable dupé, japon (R. p. 330). — Amusements des dames de Bruxelles, japon (R. p. 272). — Ens. 9 p., belles épreuves.

291 — Frontispice pour les œuvres d'A. de Musset, très belle ép. sur japon (R. p. 342). — Frontispice pour Gaspard de la Nuit, 6e état sur chine (R. p. 241). Ens. 2 p., belles ép.

292 — Frontispices pour la Messe de Gnide holl., signé (R. p. 337). — La Sphère de la lune, japon (R. p. 352). — Les Dévotions de Henri Roch, en couleur, sur vélin (R. p. 362). Ens. 3 pièces, belles ép.

293 — L'attente, sur japon (R. p. 150). — Petite sorcière, japon, signée (R. p. 65). Ens. 2 pièces, belles ép.

294 — Remparts (R. p. 137). — Ecchymoses *(non décrite)*. Ens. 2 p., très belles ép. sur hollande, une signée.

295 — Frontispice du Vice suprême, japon, signée (R. p. 347). — Front. de Initiation sentimentale (non décrit), sur whatman. Ens. 2 p., belles ép.

296 — Le Semeur des Paraboles (grand format), japon, signée (R. p. 108). — Le doigt dans l'œil, holl., signée (R. p. 82). Ens. 2 p., belles épreuves.

297 — Les Exercices de dévotion de Henri Roch, (grand format) japon, signée (R. p. 363).

298 — Frontispice des Œuvres inutiles ou nuisibles, très belle ép. du 7e état sur japon (R. p. 123).

299 — L'Eté, sur japon (R. p. 142). — Frontispice du Catéchisme des gens mariés (2e pl.). sur hollande. — Ens. 2 p., belles ép.

300 — Les Sataniques, 5 pièces, belles ép. sur japon, signées (R. p. 174). — Le major est si difficile, sur vélin (R. p. 194. — La Syrène, très belle ép. sur japon, signée (R. p. 191).

— Coup de Soleil, sur chine (R. p. 166).

— L'ermite de la forêt, sur japon (R. p. 167).

— La peinture érotique, sur japon (R. p. 168).

— Vultur eropsicus, sur japon. (R. p. 169).
— Bas-relief, sur hollande. (R. p. 170).
— La même, sur japon.
— Médecine expérimentale, sur japon. (R. p. 172).
— L'enlèvement, sur japon. (R. p. 175).
— Voyage au pays des Vieux dieux, sur japon. (R. p. 177).
— Diane, la femme au corset noir, sur japon. (R. p. 178).
— Mamzelle Gavroche, sur japon. (R p. 179).
— Isis, sur japon. (R. p. 180).
— Transformisme, n°s 1, 2 et 3, sur japon et hollande. (R. p. 180-181).
— La vrille, sur japon, 2 épreuves dont une du 1er état, signée (R. p. 182).
— La dame au cochon, sur hollande, signée (R. p. 184).
— A toi Caporal, sur japon. (R. p. 185).
— En visite, sur japon. (R. p. 185).
— God of the mother, sur japon. (R. p. 187).
— Le joyeux bidet, sur japon, signée (R. p. 188).
— Louis XIV, 1er état, sur japon. (R. p. 188).
— Ma fille, Monsieur Cabanel, sur japon. (R. p. 188).
— Le Moineau de Lesbie, sur japon. (R. p. 190).
— Satyriasis, sur japon. (R. p. 191).
— Sapho, sur japon, signée (R. p. 192).
— Le Vélocipède, sur japon. (R. p. 192).
— La plus belle fille du monde, sur japon. (R. p. 196).
— Madeleine, sur hollande. (R. p. 203).
— Abus de confiance, sur vieux papier. (R. p. 205).
— Frontispice pour Gamiani, 2 ép. sur hollande dont une tirée en rouge. (R. p. 384).
— Courtoisie exagérée, sur hollande (*non décrite*).
— Le Pilori ou la Luxure, sur japon (*non décrite*).
— Solitaire, sur hollande (*non décrite*).
— Deux croquis originaux pour les Sataniques, sur une même feuille, au crayon rehaussé de couleurs.

301 — Félicien Rops gravant, sur hollande (R. p. 20). — Séparés ou Printemps Simiesque, sur japon, signée (R. p. 119). Ens. 2 p., belles ép. — 17

302 — La Grève, petite planche, japon, signée (R. p. 96). — 2

Complaisance, japon, signée (R. p. 64). Ens. 2 p., belles épreuves.

303 — Histoire de la Sainte-Chandelle d'Arras, ép. des 5e et 6e états sur hollande (R. p. 311).

304 — Près du feu, sur vélin (R. p. 22). — Menu du dîner de la chronique, 2 ép. sur hollande et sur japon (R. p. 212). — Le Palmier, sur hollande (R. p. 239). — Anversoise, sur hollande (R. p. 8). Ens. 4 pièces, belles épreuves.

305 — Pallas, 2 ép. sur hollande et sur japon, cette dernière signée, très belles épreuves (R. p. 49).

306 — La Chrysalide, très rare épreuve sur hollande, d'un état *non décrit*; dans cet état le titre est écrit sans h; la même pièce, deux ép. du dernier état sur hollande, signées (R. p. 245). Ens. 3 p., belles ép.

307 — Billet à ordre, deux ép. sur japon, dont une signée. (R. p. 4).

308 — La vieille Masken, très belle ép. sur japon, signée (R. p. 91). Plus deux épreuves d'états différents de la planche manquée.

309 — L'Oliviérade, belle ép. sur japon (R. p. 36). — La Migraine, japon, signée (R. p. 312). Ens. 2 p., très belles ép.

310 — Orphée, ép. en sanguine sur papier de couleur (R. p. 86) — La planche du Pot au lait, ép. sur japon (R. p. 110) ; ens. 2 belles épreuves.

311 — La planche du Tsigane, sur holl. (R. p. 101). — Le Grand Livre, sur hollande (R. p. 237). — Le Chèvrefeuille, sur hollande (R. p. 237) ; ens. 3 p., belle ép.

312 — Folies-Bergères, 2 épreuves sur holl. et sur chine ; cette dernière signée avec la légende : Petit poison devenu grand (R. p. 329).

313 — Les Bateaux et Pédagogique, par Durand-Brager et Rops, 2 ép., dont une du 1er état sur holl. (R. p. 159).

314 — Jean Vandyrendonck, 2e état, planche d'ensemble sur holl.; ép. du 3e état sur japon, sign. ; ens. 2 p., très belles épreuves (R. p. 93).

315 — La Quotidienne, ép. sur holl. (R. p. 21). — La Fantoche, ép. du 2e état sur holl. (R. p. 9) ; ens. 2 pièces, belles épreuves.

316 — Les remarques du Christ au Vatican. 4 petites pièces sur divers papiers (R. p. 333).

317 — La vieille aux fleurs de lys (R. p. 114). Tète de vieille femme coiffée d'un bonnet flamand, sur japon, signée (*non décrite*). Ens. 2 p. très belles ép.

318 — Le moujick, sur japon, signée (R. p. 30). — Vieux bibliophile, vélin, signé (R. p. 73). Ens. 2 p. belles ép.

319 — Ma Goutte, 1er état sur hollande, très rare (R. p. 119). — La même, 2e état sur hollande, signée, avec les légendes autographes de l'artiste, le sujet du milieu est sur japon, signée. Ens. 3 p. belles ép.

320 — Essuie-mains, réactifs belges, sur hollande (R. p. 4). — La chronique à la chambre, sur holl. (R. p. 348). Ens. 2 p. belles ép.

321 — La Marotte macabre, 2 ép. sur japon dont 1 signée (R. p. 227). — La femme à l'éventail, 3e et 4e états, sur hollande (R. p. 80). Ens. 4 p. belles ép.

322 — L'amour au tambourin, 1er état, pl. d'ensemble sur hollande (R. p. 250). — Milice hanovrienne, 3e état sur papier ancien, signée. Ens. 3 p. très belles ép.

323 — Le train des maris, 2e état sur hollande. — La même, dernier état sur japon, signée (R. p. 127). — En prenant le thé, sur hollande (R. p. 32). Ens. 3 p. belles ép

324 — Les Violettes, 3 ép. d'états ou papiers différents, très belles ép. (R. p. 241). — Le Jockey, menu, 3e et 4e états sur hollande (R.p. 219). — Le Paon, 1er et 2e états sur hollande (R. p. 215). Ens. 7 p.

325 — Garçon brasseur bruxellois, sur vélin, signée (R. p. 85). — La Vieille à l'aiguille, sur hollande, signée (R. p. 83). Ens. 2 p. belles ép.

326 — Bébé, ép. du 3e et du dernier état, sur japon, signée (R. p. 85). Ens. 2 p. belles épreuves

327 — La Vieille à l'aiguille, pl. d'ensemble, 1er état sur hollande non décrit, la planche ne comprend que le croquis de la Vieille à l'aiguille. — La même, 1er état, décrit, sur japon, signée. — La même, 2e état, sur japon, signée (R. p.4 16). Ens. 3 superbes épr.

328 — Dans la Pusta, gr. pl., 1er état sur japon, signée (R. p. 98). — La même, 2e état, sur hollande. — La même, réduction, 2 ép. dont 1 sur papier ancien. Ens. 4 p. belles ép.

329 — Le Bassonniste, sur japon, signée (R. p. 24). — La Bucheronne, sur hollande (R. p. 56). — Mon ami Lesly, sur japon (R. p. 60). Ens. 3 p., belles ép.

330 — La Diligence d'Uccle, sur chine (R. p. 2). — La fileuse, d'après Millet, sur hollande avant la lettre (R. p. 350). Ens. 2 p. belles ép.

331 — La Cigogne japonaise (R. p. 93). — Le Lézard japonais (R. p. 121). — La Défense du budget (R. p. 215). — Les Mirlitons (R. p. 241). — Le Chat, pl. rectangulaire (R. p. 234). Ens. 5 p., très belles ép. sur différents papiers.

332 — Planche d'ensemble de la Petite Liseuse, sur hollande (R. p. 413). — Cuisine d'Anseremme, sur hollande *(non décrite)*. — Fantaisie Japonaise, sur hollande (R. p. 137). Ens. 3 p., belles ép.

333 — Art moderne, 2e, 3e, 4e et 5e états, sur hollande et sur japon (R. p. 327). Ens. 4 p., belles ép.

334 — La Sieste, petite planche (R. p. 109), sur hollande et sur japon. Ens. 2 p., belles ép.

335 — Le Docteur, 2e et 6e états (R. p. 216).—Les Mannequins (R. p. 249). — La Femme à la fourrure, debout (R. p. 329). Ens. 4 p., belles ép. sur hollande et japon.

336 — Servante, sur japon (R. p. 25). — Femme à la toque écossaise, sur hollande, signée (R. p. 13). — Le Paon, japon, signée (R. p. 215). — Petite Bretonne, japon, signée (R. p. 120). Ens. 4 p., belles ép.

337 — Planche d'ensemble : La Question d'Orient et au feu, 1er état sur hollande. — Question d'Orient, 3e état sur papier ancien, signée. — La même, 4e état sur hollande, signée (R. p. 75). — Une double, 3e état sur hollande. — Au feu, 3e état sur hollande (R. p. 77). Ens. 5 p., belles ép.

338 — Oncle Claës et tante Johanna (R. p. 25). 3 p. sur différents papiers, 2 signées, belles ép.

339 — Planche d'ensemble : Mon Grand-Oncle. — Paysage Brabançon. — Lettrine de James Tobynn, etc., sur hollande (R. p. 414). Mon Grand-Oncle, 2e et 3e états sur hollande (R. p. 97). Ens. 3 p., belles ép.

340 — Premier pas, sur vélin, signée (non décrite). — Planche d'ensemble : Menu au cochon nimbé, etc. (R. p. 413). — Cheval rôti (R. p. 220). — Le Dindon (R. p. 221). Ens. 4 p., belles ép. sur différents papiers.

341 — Paysanne du Bourbonnais, sur hollande (R. p. 87). — Paysage Brabançon (R. p. 30) et l'Oracle du Hameau (R. p. 79), sur japon, plus une ép. sur hollande de l'Oracle du Hameau. Ens. 4 p., belles ép.

342 — Planche d'ensemble : Femme au trapèze et la Grève, sur japon (R. p. 34). — La Femme au trapèze, 1er etat découpé de la pl. d'ensemble, sur vélin. — La même, 2e état sur hollande. — La même, 5e état sur japon. — La même, dernier état avec la lettre, sur hollande. Ens. 5 p., très belles ép.

Réunion très intéressante et fort rare.

343 — La Grève, pte planche, 2e état sur hollande (R. p. 96). — La même, 3e état sur hollande. — La même, 5e état sur japon, signée. — La Grève, grande planche sur japon, signée. Ens. 4 p., très belles ép.

344 — Paysan breton (R. p. 84), 2e état sur hollande et 3e état sur vélin, signée. — Lettrine de James Tobynn, 1er état sur holl., (non décrite). — Conflit entre chasseurs, sur hollande (R. p. 319). — La Crémaillère, 1er état sur japon (R. p. 221). Ens. 4 p., belles ép.

345 — Norvégienne, 2 ép. du 1er état sur japon dont 1 signée (R. p. 19). — L'affûteur (R. p. 39), 2 ép. avant toute lettre, sur chine et sur hollande ; l'état sur chine (non décrit) est avant la coupure du cuivre qui mesure, alors, largeur 0 m. 300 millim., hauteur 0 m. 240. Ens. 4 p., très belles ép.

346 — Planche d'ensemble : la Dame au Carcel, Menu au docteur, Paysanne bretonne, Dame à l'éventail (R. p. 415), très belle ép. sur hollande.

347 — Zud West, très belle ép. du 1er état sur japon ; les marges sont occupées par une lettre autographe signée de F. Rops à M. J. Martin.

348 — Petits croquis à la plume, rehaussés de couleur.

349 — Frontispice *des Bas-fonds de la Société*, 4 épreuves sur chine en différents tons (R. p. 339). — Frontispice pour *Gaspard de la nuit*, sur chine (R. p. 341). — Frontispice pour *les Epaves*, sur chine (R. p. 267).

350 — Frontispices et gravures divers pour l'illustration d'ouvrages, par F. Rops, Subercaze et autres. 142 pièces sur différents papiers.

ROPS

351 — La Médaille de Waterloo, lithographie, ép. sur chine.

SAFFRAY.

352 — Les ruines de l'Hôtel de Ville, très belle ép. sur vélin, — La Seine à Bezons. — Les tours de Notre-Dame. — Pagode chinoise. — La Tour St-Laurent à Rouen. Ens. 5 p., très belles ép. avant la lettre.

SEYMOUR-HADEN.

353 — Fulham, 3 ép., états différents, dont 2 avec la lettre. — Bords de la Tamise, avec la lettre. — Egham Lock, avant la lettre, ens. 5 p., très belles ép. sur hollande et sur chine.

SOMM (H.).

354 — Japonisme, très belle épreuve sur hollande, avec dédicace signée. — Femme au grand chapeau. — Menus. — Pointes sèches diverses. Ens. 7 p., très belles épreuves.

TOUSSAINT.

355 — Cambridge ; 2 paysages, d'après *Corot*. — La Sainte Chapelle ; ens. 5 p., très belles ép. dont 3 signées.

TROUILLEBERT.

356 — Le moulin, L'homme à la pipe, paysages ; ens. 4 p. très belles ép. sur chine, avant toute lettre.

VEYRASSAT

357 — La famille de la Vierge, d'après, *Rembrandt*, sur chine. — La décollation de St-Jean, d'après *Bida*, sur chine. — L'attelage, Retour de Golgotha, d'après *Bida*. — Eaux-fortes par J. Veyrassat : Suite de 14 planches publiées par Cadart ; paysages divers, avant et avec la lettre. Ens. 29 p. très belles ép.

WALTNER (Ch.)

358 — 4 pièces pour Ruth, d'après *Bida*, très belles ép. sur hollande, signées.

359 — Jeune femme à l'éventail, d'après *Cuyp*, sur hollande, avant toute lettre.

360 — Juives d'Alger, d'après *Delacroix*, très belle ép. d'artiste sur japon, signée.

361 — Portrait de Mlle P. M., d'après *Dubois*, très belle ép. d'artiste sur hollande, signée.

362 — La même, très belle épr. d'artiste sur japon, signée.

363 — M. de Leideguive, d'après *Delatour*, 4 ép. d'artiste, états différents sur holl. et sur chine, 1 signée.

364 — Le Vase de Chine, d'après *Fortuny*, 3 p., très belles ép. d'états et papiers différents, signées.

365 — L'Etude, d'après *Fragonard*, très belle ép. d'état sur japon, signée.

366 — Portrait de Jasper Chade van Westrum, d'après *Hals*, très belle ép. d'artiste sur wathmann, signée.

367 — Suzanne au bain, d'après *Henner*, belle ép. d'artiste sur holl., signée.

368 — Portrait de vieillard, d'après *Jordaens*, 2 p., très belles ép. sur holl., signées, dont 1 du 1er état.

369 — Lady Ellenborough, d'après *Lawrence*, belle ép. sur holl. avant toute lettre, signée.

370 — Le Repos, d'après *L. Leloir*, 3 p., très belles épr. états différents sur holl., 2 signées.

371 — Portrait de Lépicié, d'après lui-même, belle ép. d'artiste sur holl., signée.

372 — Christ au tombeau, d'après *E. Lévy*, ép. d'état et ép. d'artiste sur holl., 1 signée.

373 — A Yeoman of the Guard, d'après *Millais*, ép. d'artiste sur japon, signée.

374 — Portrait de Mme Bischoffsheim, d'après *Millais*, ép. d'artiste sur japon, signée.

375 — L'aumône de la veuve, d'après *Millais*, très belle ép. d'état très avancé, sur japon, signée.

376 — Mme la marquise d'Ormoudes, d'après *Millais*. 2 ép. sur japon, signées, dont 1 état.

377 — L'Angélus, d'après *J. F. Millet*, pet. pl., belle ép. sur holl. avant la lettre, signée.

378 — Saint Jean-Baptiste, d'après *Murillo*, belle ép. avant toute lettre, sur japon, signée.

379 — La Consolation, d'après *Paczka*, 2 épr. sur japon, dont 1 d'état.

380 — M. et Mme Wrydags Van Vollenhoven, d'après *Van Ravenstein*, 2 ép. d'artiste, sur chine, signées.

381 — Valet de torero, d'après *Regnault*, 2 p. sur chine et sur holl., signées.

382 — Portrait de Rembrandt, d'après lui-même, belle ép. sur holl. avant toute lettre.

383 — Portrait de femme, d'après *Reynolds*, belle ép. sur holl. avant toute lettre.

384 — Portrait de Ricard, d'après lui-même, ép. d'artiste sur holl., signée.

385 — La Bohémienne, d'après *Ricard*. 2 p., sup. ép. signées, dont 1 sur papier ancien.

386 — Portrait de M^ss^ Fitzherbert, ép. d'artiste sur holl., signée.

387 — Le Baron de Vien, d'après *Rubens*. 3 ép. sur holl. et sur vélin, 1 signée.

388 — Jacqueline Van Caestre, d'après *Rubens*, ép. d'artiste sur japon, signée.

389 — Le Temps d'après *Tiepolo*, ép. avant toute lettre sur japon.

390 — L'Abreuvoir, Tête de bélier mort, 2 p. d'après *Troyon*, sur japon et sur holl. ; ens. 2 très belles épr. d'artiste, sig.

391 — Samson et Dalila, d'après *Van Dyck*, ép. d'artiste sur holl., signée.

392 — Mise au tombeau, d'après *Van Dyck*, ép. d'artiste sur holl.

393 — François Duquesnoy, d'après *Van Dyck*, très belle ép. d'état très avancé, sur japon, signée.

394 — La fleur préférée, d'après *Worms*. — Femme couchée, d'après *Courbet*, 2 p. sur holl. et avant toute lettre, 1 signée. — La Vierge, etc., d'après *Humbert*, sur holl. avec lettre.

395 — Paysan assis, d'après..., ép. d'état sur holl. et terminée sur japon, signée.

396 — La comtesse de Barck, d'après *Regnault*, ép. d'artiste sur japon, signée.

397 — Harmony, d'après *Dickson*, superbe ép. d'état très avancé, sur parchemin, signée.

398 — L'Infante Marie, d'après *Vélasquez*, ép. d'artiste sur japon, signée.

399 — The Blue Boy, d'après *Gainsborough*, très belle ép. d'artiste sur japon, signée.

400 — L'Amour et la richesse, d'après *Vély*, très belle ép. d'artiste sur chine.

YON (Ed.)

401 — Eaux-fortes originales : Le petit flot, sur japon. — La Saint-Mare, 2 ép. sur chine. — Villerville, sur holl. — A Trilbardou (S.-et-Marne), sur holl. — Bords de la Marne, sur japon. — Isle-les-Villenoy, sur holl. — A Bercy, 2 ép. sur holl., dont 1 du 1er état. — Le Bas de Montigny, 5 ép. sur holl. d'états successifs. — Reproductions : Envoi, d'après *E. Lambert*, sur holl. — L'Allée abandonnée, d'après *Bernier*, sur holl. — Diane chasseresse, d'après..., 2 ép. d'états diff. sur chine et japon. — Au pâturage, d'après *J. Dupré*, sur chine. — La Garde du drapeau, d'après *Protais*, sur holl. avec lettre. Ens. 20 p., ép. d'artiste, q.q.-unes signées.

402 — Les Portefeuilles de la collection.

403 — 3 porte-cartons dont un pliant.

Grande Imprimerie du Centre, HERBIN, à Montluçon.

RED. :

20

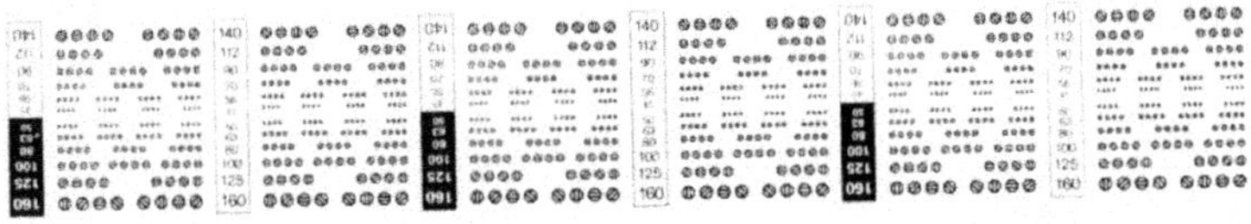

MIRE ISO N° 1

NF Z 43-007

AFNOR

Cedex 7 · 92080 PARIS-LA-DEFENSE

graphicom

0 1 2 3 4 5 6 7 8 9 10

www.ingramcontent.com/pod-product-compliance
Ingram Content Group UK Ltd.
Pitfield, Milton Keynes, MK11 3LW, UK
UKHW020448180726
13839UKWH00004B/1697